AF252656

INSCRIPTIONS

POUR

METTRE AU BAS

DE DIFFÉRENS TABLEAUX

EXPOSÉS AU SALLON DU LOUVRE

EN 1787.

A LONDRES,

Et se trouvent A PARIS,

Chez ROYEZ, Libraire, quai des Augustins.

1787.

Sans amertume,
Muse, parlez d'un ton égal;
Songez que la bile consume,
Dites le bien, dites le mal,
Sans amertume.

A M.

V OUS le savez, Monsieur, voici la seconde fois que je fournis des Inscriptions pour les Tableaux exposés de deux ans en deux ans au sallon du Louvre. On n'a point à me reprocher une critique partiale & amère ; je loue autant que je blâme. Si l'on m'objectoit que les Tableaux dont je parle, essuient une critique que les autres ne partagent pas, je répondrois d'abord qu'il n'est point de Tableau cité dans mes Inscriptions, dont je ne fasse beaucoup de cas. J'ajouterois ensuite que si leurs beautés ne m'eussent pas frappé encore plus que leurs défauts, je ne les aurois pas cités. Pour vous le prouver, Monsieur, je me contenterai de deux exemples. Dès le N°. 1, vous verrez que je ne dis que du bien du tableau de M. Vien, parce qu'il me plaît beaucoup. Cependant j'aurois pu dire avec raison que son Hector paroît un peu lourd et matériel. Au N°. 16, je loue sans réserve l'ouvrage de M. Suvée, mais aurois-je eu tort de lui reprocher d'avoir fait de son Coligni une figure trop courte ; ce qui lui donne l'air d'un Santeur. Je n'étendrai pas plus loin ces observations ; elles

Suffiront sans doute pour vous engager à ne pas attacher à la critique que je fais des autres Tableaux plus d'importance, que je n'ai prétendu en attacher moi-même.

INSCRIPTIONS

*Pour mettre au bas de différens Tableaux
exposés au sallon du Louvre, en 1787.*

N°. 1.

Les adieux d'Hector & d'Andromaque, par
M. Vien.

LA bonne compofition !
Ordre, clarté, correction,
Tout cela prouve un auteur fage :
De Monfieur *Vien* voilà l'ouvrage.

N°. 2.

Une femme Grecque couronnant fa fille, par
M. Vien.

Une mere ajuftant complaifamment fa fille,
Afin qu'à l'églife elle brille,
Ce fujet eft de tout pays ;
Mais cette femme eft Grecque, on le dit, j'y foufcris.

A iij

N°. 4.

Sapho chantant ses vers sur sa lyre, par
M. Vien.

Sapho passoit pour n'être pas jolie,
Il nous faudra quitter ce préjugé ;
Depuis sa mort elle est fort embellie,
Et pour son bien elle a beaucoup changé.

N°. 5.

Alexandre considérant la fermeté d'un Satrape de
Darius, par M. de la Grenée, l'aîné.

L'air noble annonce bien un fameux conquérant,
Par-là, quoique petit, un héros paroît grand :
Sous son casque Alexandre a petite figure,
Et s'il est un héros, ce n'est pas en peinture.

N°. 6.

Esquisse du Tableau précédent, par M. de la
Grenée, l'aîné.

En voyant ce tableau je suis un peu surpris,
Il est permis pourtant d'exposer une esquisse ;
Mais voulez-vous que je vous applaudisse,
Présentez-moi chose qui vaille un prix.

N°. 12.

Le jeune fils de Scipion rendu à son pere par Antiochus, par M. Brenet.

Scipion a de la noblesse,
Et l'on voit bien que sa fierté
S'humanise par la tendresse
Qu'il ressent pour son fils, remis en liberté.

N°. 13.

Ulysse arrivant dans le palais de Circé, par M. de la Grénée, le jeune.

Circé connoît peu la tendresse,
Et ce n'est qu'une enchanteresse ;
Qu'Ulysse brave avec effet ;
De leur ton je suis satisfait.

N°. 16.

L'amiral de Coligni en impose à ses assassins, par M. Suvée.

Mon suffrage jamais ne doit être suspect,
Trouver le vrai, c'est le but où j'aspire :
O Coligni, j'approuve le respect
Qu'à tes noirs assassins ton aspect seul inspire.

Nᵒ. 22.

Renaud & Armide, par M. Vincent.

Jamais trop ou trop peu, voilà le difficile ;
Plus d'un peintre s'y trompe, encore qu'il soit habile :
Autrefois celui-ci rembruni, moins galant,
Soudain avec excès passe du noir au blanc.

Nᵒ. 23.

Henri IV & Sully, (Tableau très-intéressant)
par M. Vincent.

Dans notre Henri IV, il n'est rien qui ne plaise.
Il paroît toujours grand, il paroît toujours beau ;
Mais il est resserré dans ce moyen tableau,
Un bon Roi tel que lui, partout doit être à l'aise.

Nᵒˢ. 25, 26, 27.

Vue de la démolition de l'église des Innocens,
par M. de Machy.

Que l'église des Innocens
Cause encore des regrets, on le veut, j'y consens:
Je verrois avec plus de peine
Qu'elle fît oublier sa superbe fontaine.

N°. 30.

Un calme au coucher du Soleil, par M. Vernet.

Vernet fut un Soleil du levant au couchant.
Il nous charma dès son aurore ;
Brillant dans son midi ; enfin sur son penchant,
Son rayon rend le jour foible, mais doux encore.

N°. 46.

L'intérieur du temple de Diane à Nismes, par
M. Robert.

A – t – on représenté ce temple de Diane
Tel qu'il fut autrefois ou qu'il est aujourd'hui ?
Que le peintre le dise, on s'en rapporte à lui,
Et là dessus plus de chicane.

N°. 49.

Le pont du Gare, par M. Robert.

Dites pourquoi le pont du Gare
Attirant d'abord le regard,
Est bientôt délaissé ! seroit-ce par hasard,
Ou ne paroît-il pas une piéce si rare ?

N°. 86.

Vue des cascatelles de Tivoli, par M. Hue.

On aime assez le nom de Tivoli,
On peut aimer aussi ses cascatelles ;
Mais sans les mettre au rang des bagatelles,
Plusieurs diront : » cela n'est que joli, »

N°. 100.

M. *le Baron d'Espagnac le fils*, par Madame le Brun.

O ! vous êtes joli, tout le monde le dit ;
Enfant, vous n'êtes pas en effet sans mérite ;
Mais vous devez pourtant mainte & mainte visite
A la couleur de votre habit.

N°. 105.

M. *Caillot en chasseur*, par Madame le Brun.

Oui, je le reconnois cet aimable enchanteur,
Sa gaîté paroissoit extrême ;
Bon chasseur comme bon acteur,
A la chasse, au théâtre, il fut par-tout le même.

N°. 106.

Madame le Brun tenant sa fille dans ses bras, par Madame le Brun.

Si madame le Brun se peint comme une belle,
Ou tenant ses pinceaux, ou tenant son enfant,
On s'imagine voir dans son air triomphant
Le Peintre amoureux de son modèle.

N°. 107.

Mademoiselle le Brun tenant un miroir, par
Madame le Brun.

Dans un même portrait offrir deux fois aux yeux
Le même objet tenant un meuble de toilette,
Sans qu'on puisse objecter que l'auteur se répete,
Ce trait est fort ingénieux,

N°. 119.

Socrate au moment de prendre la cigue, (très-
beau Tableau) par M. David.

Socrate condamné doit prendre le poison;
Au lieu de l'avaler, il sermone en prison;
Il anime son auditoire,
Et nous paroît ici tel que le peint l'histoire.

N°. 120.

*La reconnoissance d'Oreste & d'Iphigenie dans
la Tauride*, (Tableau d'un grand effet) par
M. Regnault.

Oreste est sur le point d'être sacrifié;
Dans le temple où se fait cette cérémonie;
En la Prêtresse il voit sa sœur Iphigénie,
C'est un fantôme, il doit en paroître effrayé,

N°. 128.

Un enfant jouant avec un chien, (c'est la nature même) par M. Wertmuller.

Avec ses jeux l'aimable enfance,
Représente bien l'innocence :
Qu'un enfant joue avec un chien,
On le contemple, & l'on fait bien.

N°. 137.

Fête de Cerès pendant laquelle les femmes de Sparte combattent & vainquent un parti de Messeniens, qui ont tenté de les enlever, par M. le Barbier, l'aîné.

La fête de Cerès autrefois très-sacrée,
Étoit pendant la nuit tous les ans célébrée ;
Sans doute on y cachoit des désordres d'amour :
Ce Tableau n'en dit rien, tout s'y passe de jour.

N°. 150.

Une tête d'étude, par M. Vestier.

Dans une grande fête,
Tout visage inutile est un être importun :
Voyez-vous cette tête avec son air commun,
Changez-moi cette tête.

(13)

N°. 164.

*Cyanippe immolé par sa Fille, qui se poignarde
ensuite, par M. Perrin.*

A tout Tableau sans doute il faut de l'ombre,
Car l'ombre fait sortir les couleurs qu'on doit voir :
Pere et fille immolés, ce sujet est très-sombre,
Pourquoi par les couleurs le rendre encore plus noir?

N°. 166.

*Venus descendant du ciel pour guérir Énée, par
M. Perrin.*

Venus sur un nuage assise de côté,
Ne nous présente rien dont on soit enchanté,
Elle n'offre qu'un dos d'une longueur extrême ;
Reconnoît-on ici Venus, la beauté même?

N°. 177.

*S. Louis descendant à Damiette avec son armée,
précédée d'une grande croix ; par M. Robin.*

Grand appareil ! On voit une procession
Qui paroît convenir dans une mission :
Si ce n'est plus ainsi que l'on vole aux combats,
Il faut s'en prendre au tems, car tout change ici bas.

N°. 178.

S. Louis pansant les malades de son armée, par M. Robin.

Un Roi peut s'abbaisser par grande piété
A panser d'un soldat la sanglante blessure ;
    Mais cet acte d'humilité
Ne fait dans un Tableau qu'une triste figure.

N°. 181.

La mort du Duc Léopold de Brunswick, par M. Wille, fils.

Est-ce là ce héros, qui bravant la tempête,
Et courant aux dangers, a vu finir son sort ?
Dans ce Tableau veut-il braver ou fuir la mort ?
Il a l'air désolé d'un homme qu'on arrête.

N°. 213.

Un Hermite prêchant en plein air, par M. Taunay.

    On a vu plus d'un hypocrite
    Séduire par de beaux discours :
    Hypocrite ou non, cet Hermite
    Aux curieux plaira toujours.

[17]

N°. 226.

Portrait en pied de M. M., par M. Mosnier.

L'étiquette est pour certains lieux,
Sans peine j'y souscris, & je la trouve au mieux :
Au Sallon pourquoi donc paroître
Dans sa robe de chambre en riche petit maître ?

N°. 227.

Portrait, par M. Mosnier.

Peintres, laissez de l'art la brillante imposture ;
Plus qu'il ne vaut souvent vous le prisez :
Peignez femme jolie avec les bras croisés ;
Voilà la femme, elle est d'après nature.

N°. 228.

Alexandre domptant Bucephale, par M. Monsiau.

On a dit qu'Alexandre, en domptant Bucephale,
Annonçoit qu'il devoit dompter le monde entier ;
Ce pronostic ôté, je vois un écuyer,
Montant tout simplement ou cheval ou cavale.

N°. 237.

Bayard parlant à son épée, par M. Bridan.

Après avoir armé son Prince Chevalier,
Bayard paroît parler à son épée.
Que lui dit-il sur ce fait singulier ?
Son air dit qu'il en rit comme d'une équipée.

N°. 248.

Le Maréchal de Luxembourg, par M. Mouchy.

Ce fameux Maréchal dont l'ennemi disoit
En enrageant beaucoup : » il faut que je le rosse. »
Pour ceux qui le voyoient étoit-il ainsi fait ?
En ce cas là pourquoi parloit-on de sa bosse ?

N°. 249.

Racine, par M. Boizot.

Ce marbre qui rend bien toute sa ressemblance,
Est comme ses écrits poli, bien travaillé ;
Et Racine jamais ne fut mieux habillé ;
On diroit que pour lui tout prend l'air d'élégance.